U0153261

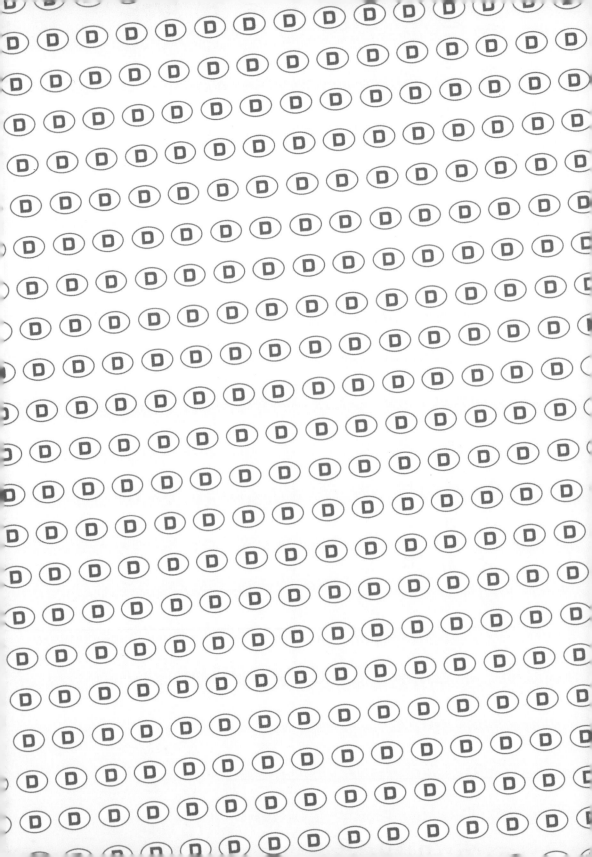

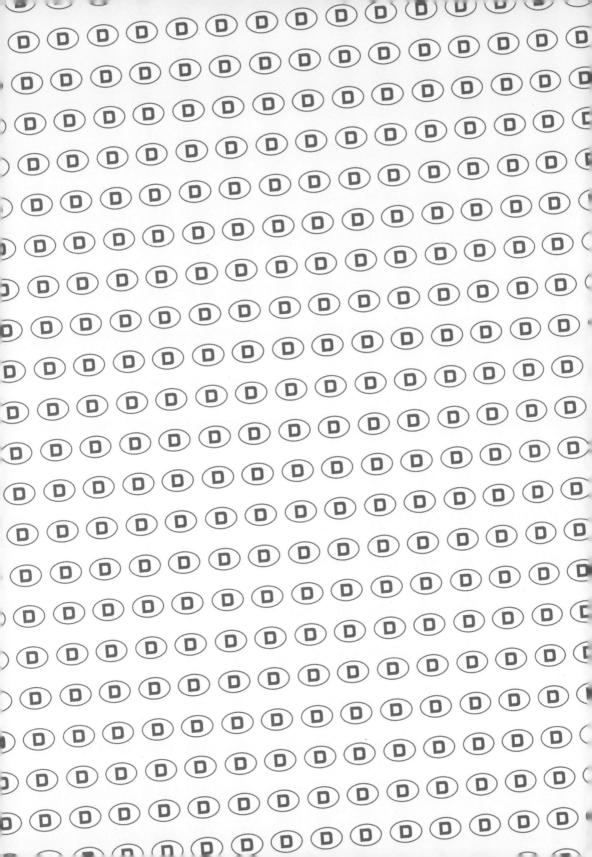

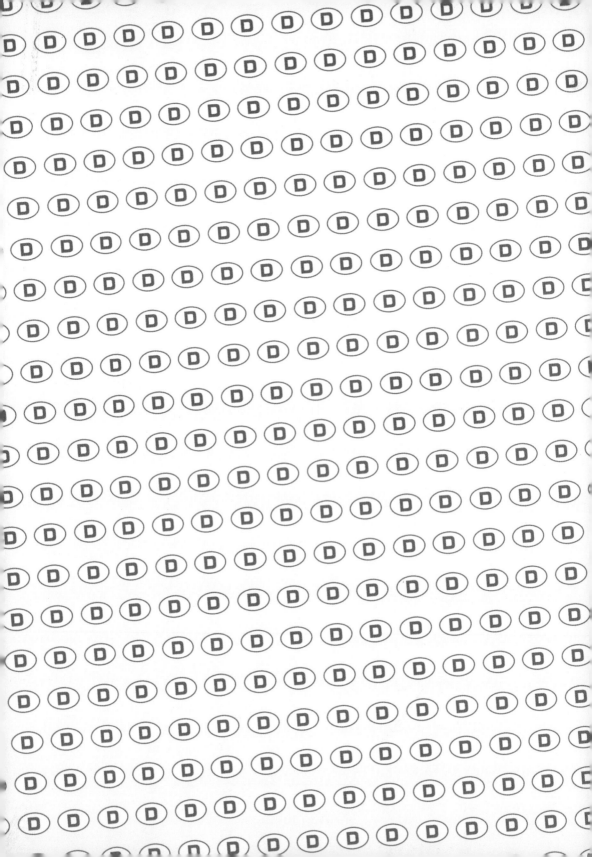

# 德語大戲寶

## 日耳曼國民手冊

編著 繪圖 魏 巍

書泉出版社 印行

# 本書特色

### 看圖認識單字 快速有效

看圖記憶單詞，採取意象的方式接收資訊，讓自己在腦中直接有了單字的形象。在看著精美插圖的同時，不知不覺地就把單字記起來了。

### 最用心的德語學習書

本書和別本書不一樣的特色是，每一頁內容都是精心規劃設計，沒有一頁的版型是一樣的，是最用心的德語學習書。

### 重點收詞

針對德語初學者做重點收詞。日常生活不會用的冷門詞彙不會在本書出現。把重點集中在本書的必備單詞，可以讓學習德語的人，省下不少背艱深不常用詞彙的時間。

### 搭配mp3光碟 效果倍增

本書隨書附贈mp3光碟，特請外國老師錄音，幫助讀者說出標準的德語。

### 附贈單字練習本

除了「眼到」，透過「手到」，進而「心到」。藉著我們提供的單字練習本，順利達到擴充自己詞彙量的目標。

# 圖～圖～圖～ 看圖輕鬆學德語！

　　親愛的讀者，你挖到寶啦！「德語大獻寶」是一本簡單到不行的德語學習書。其中收錄日常生活中最常用、最重要的詞彙，以圖解的方式呈現給學習德語的每個人。

　　你覺得學德語辛苦嗎？你背單字遭遇了困難嗎？本書是你學習德語的法寶。打開本書，就好像進入了寶山，突然發現，原來學習德語是這麼的容易：每個單詞都配有插畫，使你原本枯燥乏味的死記工作，變成好像看漫畫書一樣地輕鬆。配合隨書附贈的MP3光碟及單字練習本，幫助德文初學者更快速、更有效地記憶單字，說出更標準的德語。

*das Fahrrad*

*der Mais*

*der Spitzer*

# 目錄
## Inhaltverzeichnis

# 01 身體 der Körper

你會用德語說出自己身體的各部分嗎？
如果你還不會的話，現在就一面看著圖一面把這些單詞記下來吧！

der Nacken
頸子

der Kopf
頭

die Kehle
喉嚨

der Arm
手臂

die Schulter
肩膀

die Brust
胸部

der Bauch
肚子

das Knie
膝蓋

die Hand
手

der Fuß
腳

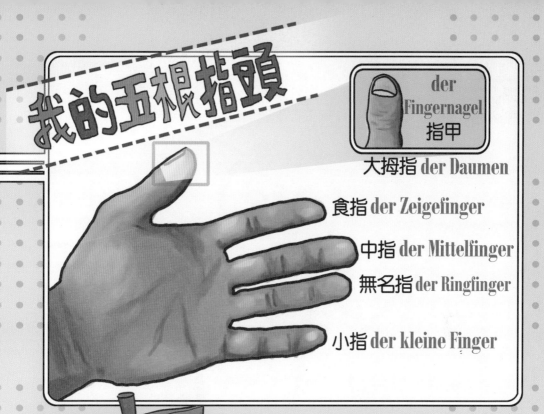

# 我的五根指頭

der Fingernagel
指甲

大拇指 der Daumen

食指 der Zeigefinger

中指 der Mittelfinger

無名指 der Ringfinger

小指 der kleine Finger

臉部
das Gesicht

das Haar
頭髮

das Auge
眼睛

die Nase
鼻子

der Mund
嘴巴

das Ohr
耳朵

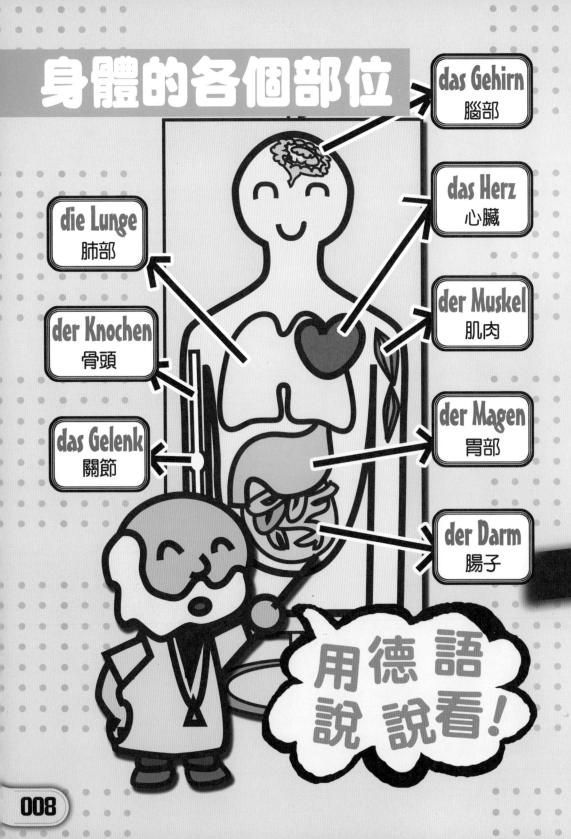

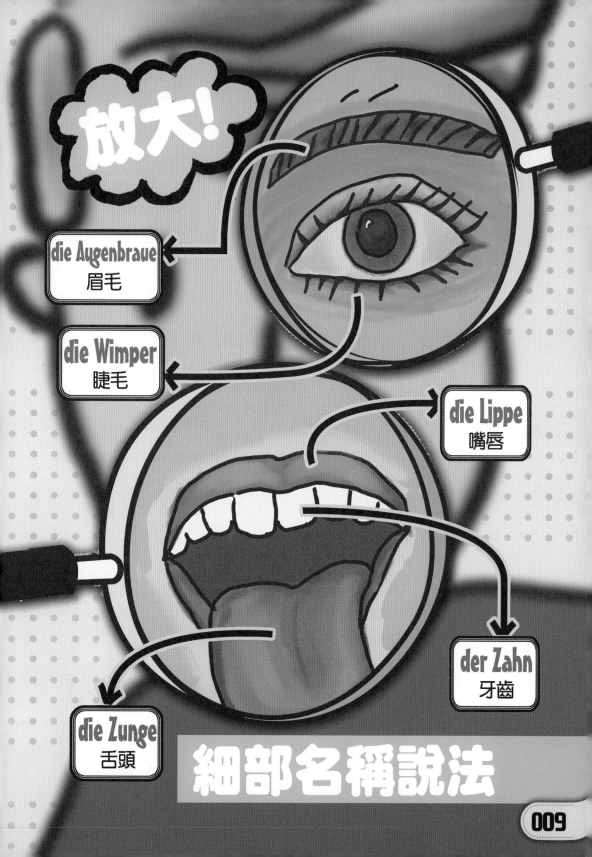

放大!

die Augenbraue
眉毛

die Wimper
睫毛

die Lippe
嘴唇

der Zahn
牙齒

die Zunge
舌頭

細部名稱說法

# 我們的身體感官

essen
吃

sehen
看

hören
聽

riechen
聞

fühlen
感覺

sprechen
說話

## 記起來了嗎？

# 02 動作 die Bewegung

CD-02

schieben 推

ziehen 拉

springen 跳

rennen 跑步

011

看過來！看過來！這邊還有其他的動詞！

| gehen | 走去 | werfen | 投擲 |
|-------|------|--------|------|
| kommen | 過來 | hocken | 蹲著 |
| schleppen | 拖 | laufen | 快步 |
| drehen | 轉動 | klatschen | 拍打 |
| schaukeln | 搖 | aufstehen | 起來 |
| schlagen | 打 | sich setzen | 坐下 |

fliegen 飛

kicken 踢

sitzen 坐著

liegen 躺著

# 03 外貌 das Aussehen

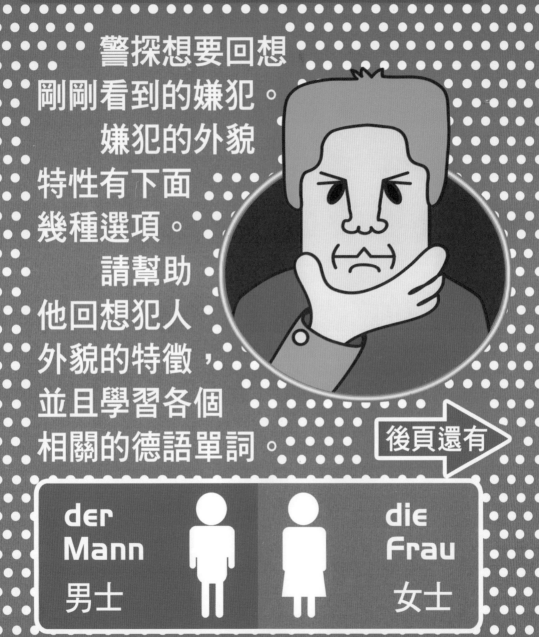

警探想要回想
剛剛看到的嫌犯。
嫌犯的外貌
特性有下面
幾種選項。
請幫助
他回想犯人
外貌的特徵，
並且學習各個
相關的德語單詞。

後頁還有 ➡

**der Mann** 男士

**die Frau** 女士

# 各種不同的外貌

**mager**
瘦的

**dick**
胖的

**groß**
高大的

**klein**
矮小的

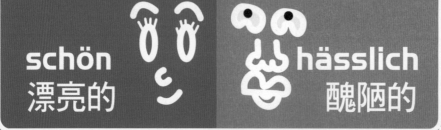

**schön**
漂亮的

**hässlich**
醜陋的

**jung**
年輕的

**alt**
年老的

| 強壯的 | kräftig |
|---|---|
| 壯碩的 | robust |
| 苗條的 | schlank |
| 英俊的 | hübsch |
| 可愛的 | süß |
| 性感的 | sexy |
| 長髮 | lange Haare |
| 短髮 | kurze Haare |

# 其他相關的形容詞

嗯…，究竟嫌犯長的是什麼樣子呢？

# 04 情緒 das Gefühl

歡迎來玩「心情夾娃娃機」。你今天的心情好嗎？ 夾到好的心情娃娃的話，一整天心情都會變好歐！

**fröhlich**
歡喜的

**wütend**
狂怒的

**traurig**
哀傷的

**glücklich**
快樂的

**besorgt**
擔心的

**zufrieden**
滿意的

**neidisch**
嫉妒的

**ängstlich**
害怕的

**heiter**
快活的

# 憂鬱的心情

藍色憂鬱的夾娃娃機，裡面放著的，都是負面的情緒

**melancholisch**
憂鬱的

**ärgerlich**
惱怒的

**schmerzlich**
痛苦的

**nervös**
煩惱的

**depressiv**
沮喪的

**enttäucht**
失望的

# 05 家庭 die Familie

你會用德語說出家庭的各個成員嗎？現在就來學習這些基本且重要的單詞！

das Baby
嬰兒

die Geschwister
兄弟姊妹

die Großeltern
祖父母

die Kinder是孩童複數型。
孩童的單數型是 das Kind

die Eltern und die Kinder
父母及小孩

# 我的親戚
# Meine Verwandten

die Mutter
媽媽

der Vater
爸爸

der Sohn
兒子

die Tochter
女兒

die Schwester
姊姊 / 妹妹

die Großmutter
祖母 / 外婆

der Großvater
祖父 / 爺爺

der Onkel
叔叔 / 伯父

die Tante
姑姑 / 阿姨

der Bruder
哥哥 / 弟弟

der Cousin
表哥 / 表弟

die Kusine 表姊 / 表妹

# 06 住家 die Wohnung

**der Balkon**
陽台

**das Schlafzimmer**
臥室

**die Tür**
門

**die Treppe**
階梯

這個單元裡面我們要介紹的主題是住家的各個房間。
看著圖片說出各個房間的德語名稱。

der Schornstein
煙囪

das Badezimmer
浴室

das Esszimmer
飯廳

das Wohnzimmer
客廳

die Küche
廚房

# 客廳的各種家具

上一頁我們介紹過
德語的客廳是das Wohnzimmer，
這一頁我們繼續學著用
德語說出各種家具的名字。

**der Fernseher**
電視

**die Klimaanlage**
冷氣機

**das Fenster**
窗戶

**das Sofa**
沙發

**der Schrank**
櫃子

**das Regal**
架子

 die Uhr
鐘

das Telefon
電話

der Teppich
地毯

 die Lampe
燈

die Vase
花瓶

 der Ventilator
電扇

# 臥室的各種東西

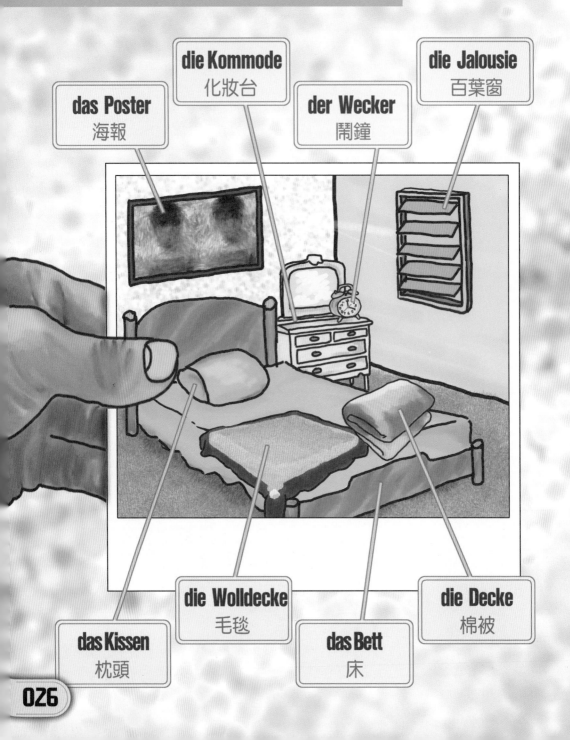

die Kommode
化妝台

das Poster
海報

der Wecker
鬧鐘

die Jalousie
百葉窗

die Wolldecke
毛毯

das Kissen
枕頭

das Bett
床

die Decke
棉被

das Feuerzeug
打火機

der Personalausweis
身份證

das Parfüm
香水

die Waage
體重機

der Schlüssel
鑰匙

die Nagelschere
指甲刀

der Lippenstift
口紅

der Nagellack
指甲油

房間裡的小東西

# 浴室的各種東西

## 這些單詞用德語怎麼說呢？

das
Waschbecken
洗臉盆

die
Wanne
浴缸

das
Klosett
馬桶

das
Schampoo
洗髮精

das
Duschgel
沐浴乳

die
Haarspülung
護髮乳

die Seife
肥皂

die
Zahnpasta
牙膏

die
Zahnbürste
牙刷

# das Badezimmer

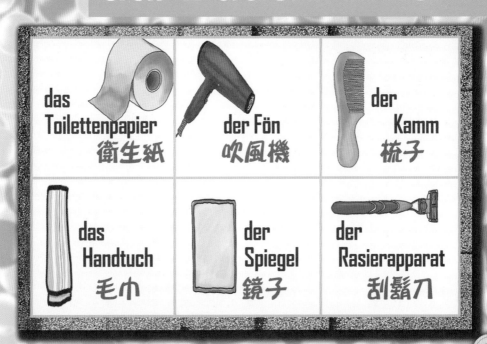

| | | |
|---|---|---|
| das Toilettenpapier 衛生紙 | der Fön 吹風機 | der Kamm 梳子 |
| das Handtuch 毛巾 | der Spiegel 鏡子 | der Rasierapparat 刮鬍刀 |

# 照一張廚房的相片

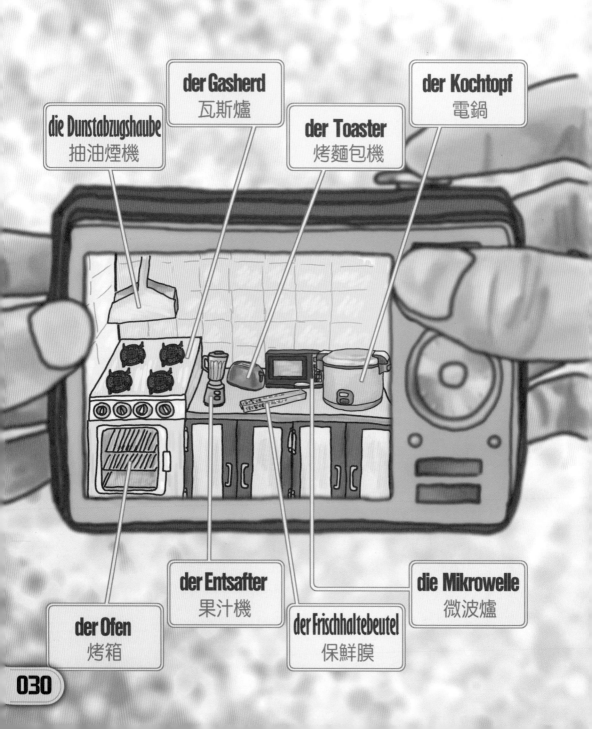

der Gasherd
瓦斯爐

der Kochtopf
電鍋

die Dunstabzugshaube
抽油煙機

der Toaster
烤麵包機

der Entsafter
果汁機

die Mikrowelle
微波爐

der Ofen
烤箱

der Frischhaltebeutel
保鮮膜

**der Kühlschrank**
冰箱

**der Wasserhahn**
水龍頭

**die Pfanne**
平底鍋

**die Kaffeemaschine**
咖啡機

**der Plastikbeutel**
塑膠袋

**der Abfalleimer**
垃圾桶

**die Konservendose**
罐頭

# 廚房裡的各種東西

# 各種不同的房屋

不同高度、不同類型的房子，名字也各不相同。

die Wohnung
公寓

das Wohnheim
宿舍

das Reihenhaus
連棟房屋

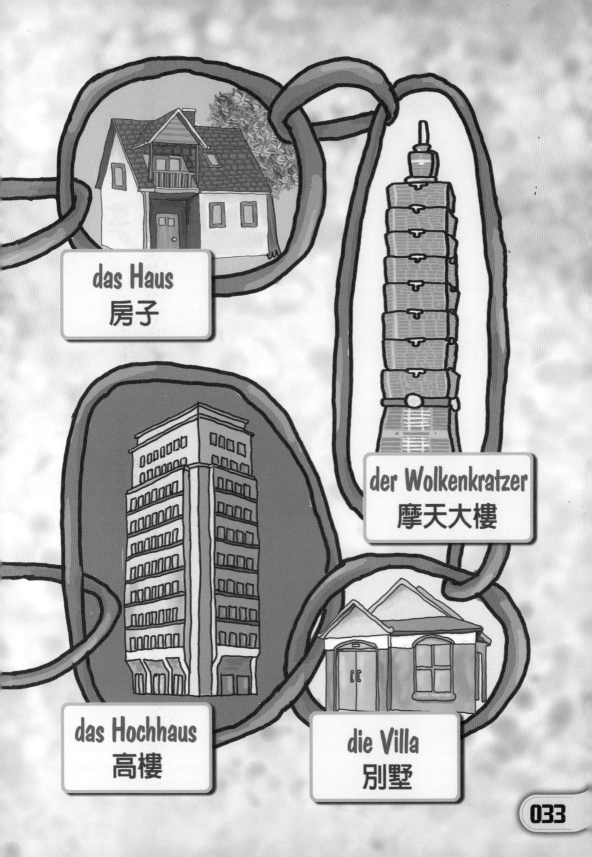

**das Haus**
房子

**der Wolkenkratzer**
摩天大樓

**das Hochhaus**
高樓

**die Villa**
別墅

# 07 教室 das Klassenzimmer

CD-07

同學們，上課嘍！
今天我們要教大家，
教室裡各種事物的說法...

1. der Lehrer 老師
2. der Student 學生
3. das Buch 書
4. der Tisch 桌子
5. der Stuhl 椅子
6. der Schamm 板擦
7. die Kreide 粉筆
8. die Wandtafel 黑板
9. der Lautsprecher
.....擴音器
10. die Landkarte 地圖
11. das Wörterbuch
.....辭典

035

# 和學校相關的單詞

開始 →

上課中，暫停一次

Deutsch
德語

上課中，暫停三次

ㄅㄆㄇ

Chinesisch
中文

機

前進
兩格

die Note
分數

來玩大富翁吧！
一面玩遊戲，
一面學習各種和
學校相關的單詞…

隨堂考
請翻機會卡

das Diktat
聽寫

考試通過
得5000元

bestehen
考試通過

考試被當付學分費

durchgefallen
考試被當

考試及格 得200元

ausreichend
考試及格

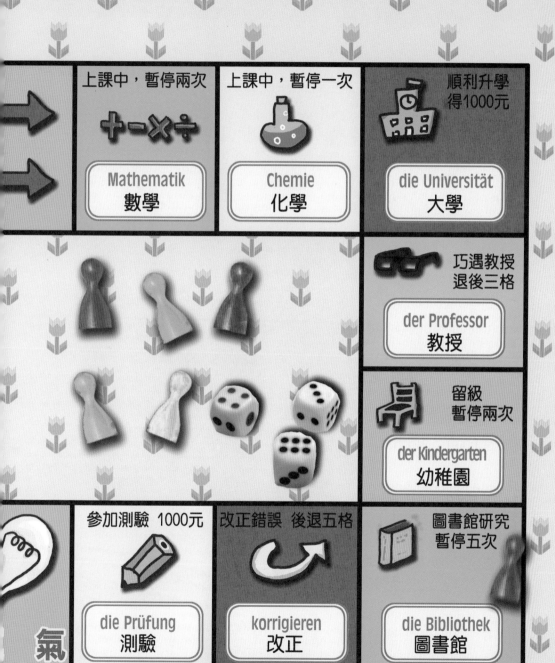

上課中，暫停兩次

Mathematik
數學

上課中，暫停一次

Chemie
化學

順利升學
得1000元

die Universität
大學

巧遇教授
退後三格

der Professor
教授

留級
暫停兩次

der Kindergarten
幼稚園

參加測驗 1000元

die Prüfung
測驗

改正錯誤 後退五格

korrigieren
改正

圖書館研究
暫停五次

die Bibliothek
圖書館

氣

# 08 文具 die Schreibwaren

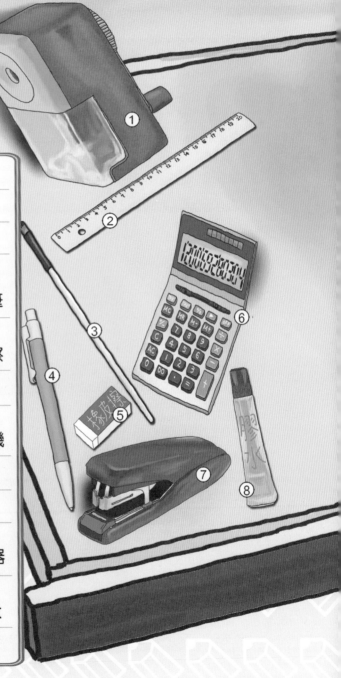

1. der Spitzer 削鉛筆機

2. das Lineal 尺

3. der Pinsel 水彩筆

4. der Kugelschreiber
   原子筆

5. der Radiergummi
   橡皮擦

6. der Rechner 計算機

7. die Heftmaschine
   釘書機

8. der Klebstoff 膠水

9. der Zirkel 圓規

10. der Winkelmesser
    量角器

11. 立可白
    die Korrekturflüssigkeit

12. die Schere 剪刀

打開抽屜，看到裡面有好多文具。
你會用德語說出這些單詞嗎？

13.das Heft 筆記本

14.der Bleistift 鉛筆

15.der Füller 鋼筆

# 各種德語的介系詞

學了各種文具的說法以後，接著再利用介系詞來說明各種文具的位置。

## auf

鉛筆在桌子的上面，用auf來當介系詞。

## unter

剪刀在桌子下面，用unter來當介系詞。

## über

吊燈在桌子上方，用über當介系詞。

## in

尺在抽屜裡面，
用in來當介系詞。

## vor

膠水在箱子的前面，
用vor來當介系詞。

## hinter

剪刀在箱子後面，
用hinter來當介系詞。

## zwischen

立可白在削鉛筆機中間，
用zwischen當介系詞。

# 09 食物 das Essen

這個單元裡，我們要介紹各種食物的說法。

從早餐開始，學習說出各種食物。

開始→

**das Frühstück**
早餐

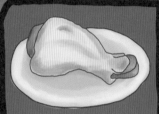

**das Hühnerfleisch**
雞肉

**der Fisch**
魚肉

**die Wurst**
香腸

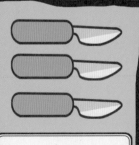

**das Abendessen**
晚餐

**das Steak**
牛排

**die Nudel**
麵

**das Ei**
蛋

**das Sandwich**
三明治

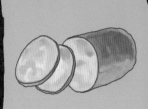

**der Schinken**
火腿

**die Spaghetti**
義大利麵

**das Mittagessen**
午餐

**der Reis**
飯

**der Salat**
沙拉

**die Suppe**
湯

結束！
飽！

# 麵包與甜食

# Brot und Süßigkeit

麵包甜點方塊？
沒聽過嗎？
來玩玩看吧！

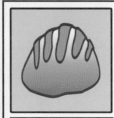
das Brot
麵包

der Toast
土司

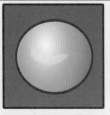
das Brötchen
小圓麵包

der Hamburger
漢堡

das Croissant
牛角麵包

die Butter
牛油

die Torte
蛋糕

der Käse
乳酪

die Marmelade
果醬

der Keks
餅乾

# 各種飲料

歡迎來到飲料迷宮！
從入口進入後，說出
各種飲料的德語名稱！

**das Wasser**
水

**das Mineralwasser**
礦泉水

**der Kaffee**
咖啡

**der Tee**
茶

**der Saft**
果汁

**der Orangensaft**
柳橙汁

**die Limonade**
汽水

**die Coca-Cola**
可樂

| | | |
|---|---|---|
|  |  |  |
| **die Milch**<br>牛奶 | **das Bier**<br>啤酒 | **der Wein**<br>葡萄酒 |
|  |  |  |
| **der Whisky**<br>威士忌 | **der Kognak**<br>白蘭地 | **der Sekt**<br>香檳 |

# 10 味道 der Geschmack

這個單元要介紹的是各種味道(der Gechmack)及香味(der Geruch)。
請大家以玩吃角子老虎的心情，輕鬆地學習本單元裡要介紹的單詞。

| | | |
|---|---|---|
| 甜的 süß |  蜜 | 蜂蜜 der Honig |
| | sauer 酸的 \n der Essig 醋 | |
| 777 | bitter 苦的 \n der Balsamapfel 苦瓜 | |

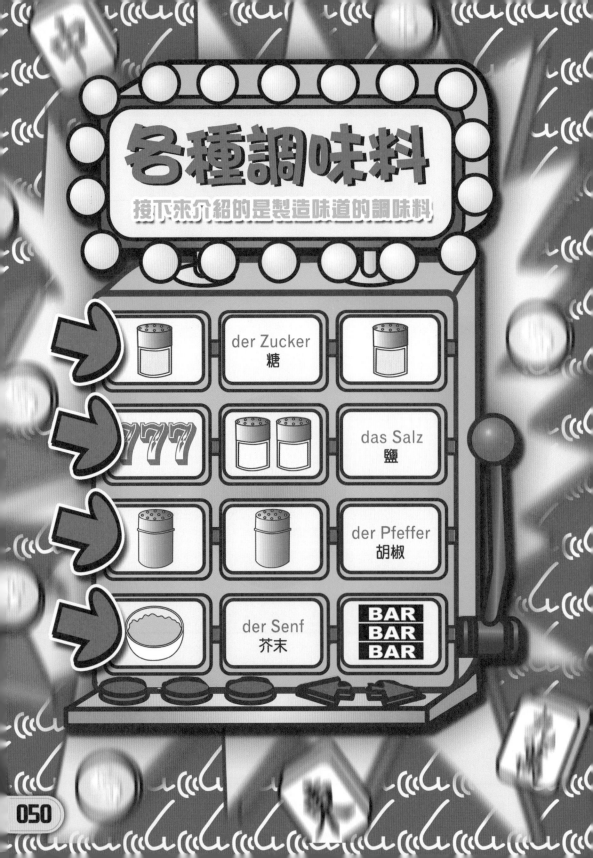

各種調味料

接下來介紹的是製造味道的調味料

der Zucker
糖

das Salz
鹽

der Pfeffer
胡椒

der Senf
芥末

# 11 蔬菜 das Gemüse

這個單元裡,我們介紹各種蔬菜的說法。你會用德語說出右邊架上各種水果的名稱嗎?

翻到下一面,可以學到各種不同蔬菜的說法。

菠菜
der Spinat

萵苣
der Kopfsalat

洋白菜
das Kraut

玉米
der Mais

小黃瓜
die Gurke

馬鈴薯
die Kartoffel

# 青菜抵家啦!

你喜歡吃什麼菜呢?

試著用德語說出這些菜的名字吧!

蘆筍
der Spargel

茄子
die Aubergine

蔥
die Frühlingszwiebel

磨菇
der Pilz

蕃茄
die Tomate

大蒜
der Knoblauch

洋蔥
die Zwiebel

豌豆
die Erbse

# 12 水果 das Obst

你喜歡吃什麼水果呢？德文的水果是中性名詞：das Obst。

關於水果，除了要知道圖上的這些水果名稱以外，我們可以順便學一些和水果相關的形容詞：要形容水果很甜，可以用形容詞süß；形容水果很新鮮，可以用形容詞frisch；成熟的水果，可以用形容詞reif來描述；多汁的水果，我們可以用saftig來形容。

**der Apfel**
蘋果

**die Banane**
香蕉

**die Apfelsine**
柳丁

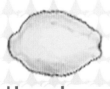

**die Zitrone**
檸檬

**die Erdbeeren**
草莓

**die Ananas**
鳳梨

die Melone
香瓜

die Trauben
葡萄

die Wassermelone
西瓜

die Birne
梨子

die Papaja
木瓜

die Mango
芒果

# 各種和水果相關的形容詞

## Die Wassermelone ist süß.
西瓜很甜。

### 好的形容詞

**süß** 甜的　　**frisch** 新鮮的

**reif** 成熟的　**saftig** 多汁的

## Die Banane ist überreif.
香蕉太熟了。

### 壞的形容詞

**trocken**　　**überreif**
乾的　　　　　熟過頭的
**grün**　　　　**faul**
沒熟的　　　　腐爛的

# Der Apfel fällt nicht weit vom Stamm.
## 有其父必有其子。

這句話本來字面上的意思是「蘋果掉在離樹幹不遠的地方」。德文俗諺用這樣的表現法，來表現「有其父必有其子」的意思。

# Ich muss in den sauren Apfel beißen.
## 我不得不做自己不喜歡的事。

這句話本來字面上的意思是「不得不咬下酸的、壞掉的蘋果」。德文俗諺用這樣的表現法，來表現「不得不做自己不喜歡的事」。

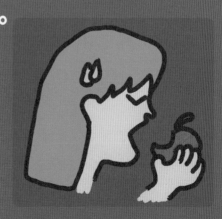

最近有寫信給朋友或家人嗎？貼上郵票之前，藉著郵票學習各種職業的德語說法...

der Koch
廚師

der Polizist
警察

der Bauer
農夫

der Taxifahrer
計程車司機

der Handwerker
工人

der Soldat
軍人

**der Schneider**
裁縫師

**der Pilot**
飛機駕駛

**der Briefträger**
郵差

**der Kellner**
服務生

**der Journalist**
記者

**der Photograph**
攝影師

# 詢問職業的對話

想要詢問別人的職業的話，
有兩種基本的提問法...

問法一

## Was sind Sie von Beruf?
您的職業是什麼呢？

問法二

## Was machen Sie beruflich?
您的職業是什麼呢？

## Ich bin + 職業名 + von Beruf

## Ich bin Lehrer von Beruf.
我是老師。

## 陽性名詞 + -in = 陰性名詞

德語名詞有性別之分，通常在陽性名詞後面加上詞尾-in，就會變成陰性名詞。

男廚師

女廚師

der Koch + -in = die Köchin

男服務員

女服務員

der Kellner + -in = die Kellnerin

## 找工作三部曲

徵才

O.K.

| arbeitslos | Arbeit suchen | Arbeit gefunden |
| --- | --- | --- |
| 失業 | 找工作 | 找到工作 |

## 和職業相關的單詞

# 14 建築物 das Gebäude

到街上逛逛吧！你會用德語說出街上的各種建築物的名稱嗎？這個單元裡面，我們要學習這些建築的說法。

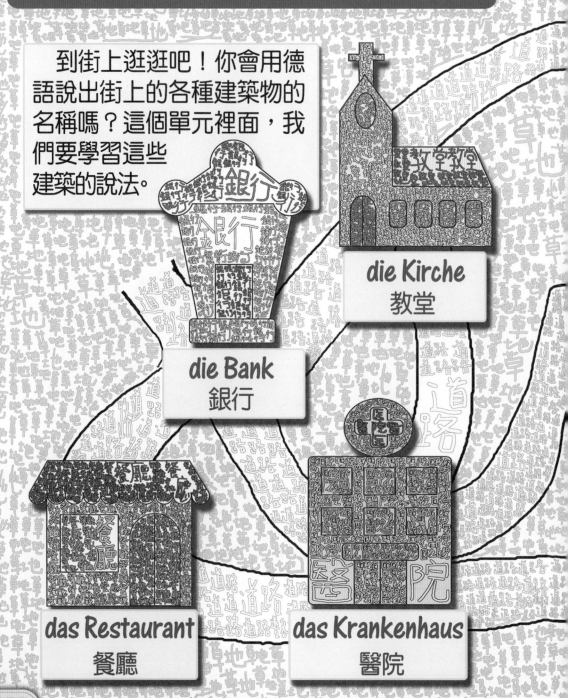

die Kirche
教堂

die Bank
銀行

das Restaurant
餐廳

das Krankenhaus
醫院

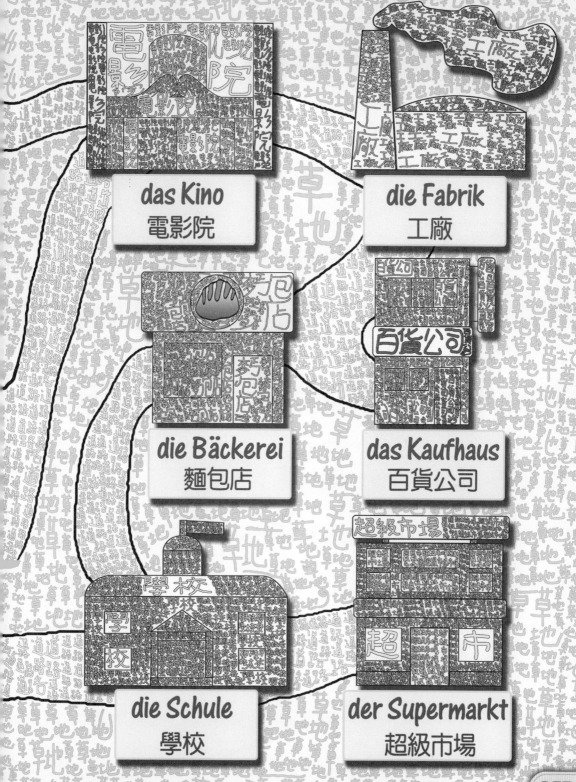

**das Kino**
電影院

**die Fabrik**
工廠

**die Bäckerei**
麵包店

**das Kaufhaus**
百貨公司

**die Schule**
學校

**der Supermarkt**
超級市場

# 街道上的建築物

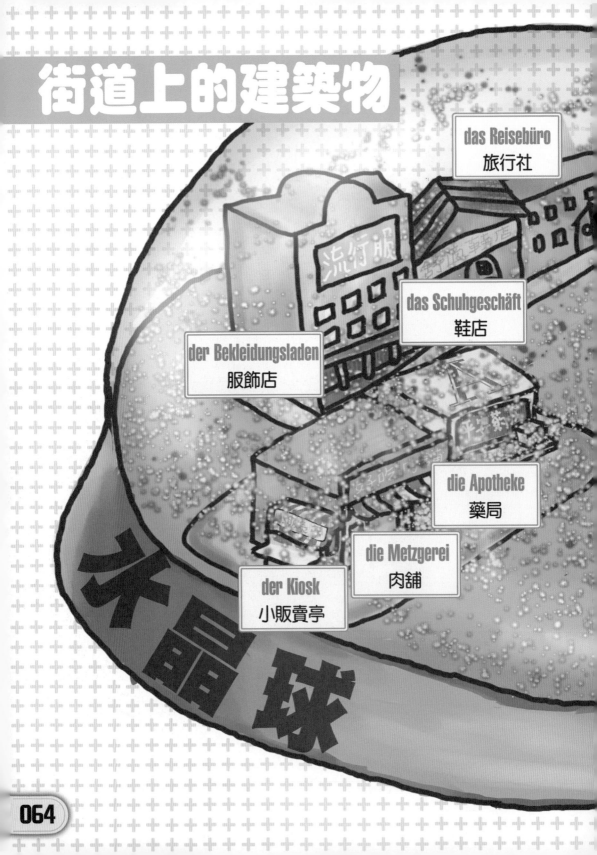

das Reisebüro
旅行社

das Schuhgeschäft
鞋店

der Bekleidungsladen
服飾店

die Apotheke
藥局

die Metzgerei
肉舖

der Kiosk
小販賣亭

你有買過這樣的紀念品嗎？小水晶球裡面裝著整個城市街道的建築物。
現在，一面看著圖片，一面學習建築物的名稱吧！

das Theater
劇院

die Buchhandlung
書店

das Museum
博物館

# 基礎問路用語

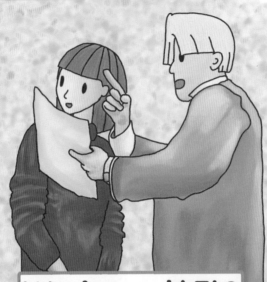

## Wo ist + 地點?

**Wo ist die Touristeninformation?**
旅客服務中心在哪呢？

**Gehen Sie links, dann rechts, dann geradeaus.**
請您先往左，再往右，然後直走。

### 各種方向

**links** 往左　　**geradeaus** 直走　　**rechts** 往右

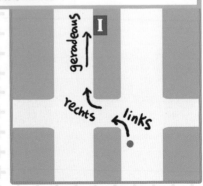

# 15 信件 der Brief

CD-15

信件的各個部份,你會説嗎?

| der Absender 寄件人 | die Adresse 地址 | die Briefmarke 郵票 |
|---|---|---|

106
台北市和平東路2段339號4樓
五南圖書公司
魏 巍 寄

235
台北縣中和市安平路75號15樓
張立人 先生收

| die Postleitzahl 郵遞區號 | der Empfänger 收件人 | der Umschlag 信封 |
|---|---|---|

# 各種不同的信件

火車來啦！看著各個車廂，學習德語中，各種不同信件的說法。

der Briefkasten
信箱

das Paket
包裹

die Postkarte
明信片

der Eilbrief
限時信件

der Einschreibbrief
掛號信件

die Luftpost
航空郵件

# 16 病痛 die Krankheit

你會用德語說出身體那裡不舒服嗎？讓我們藉著魔術方塊，學習和病痛相關的單詞吧！

**die Kopfschmerzen(pl.)**
頭痛

**das Fieber**
發燒

**der Schwindel**
頭昏

**die Bauchschmerzen(pl.)**
肚子痛

**die Zahnschmerzen(pl.)**
牙齒痛

**die Verstopfung**
便秘

**die Herzkrankheit**
心臟病

**die Erkältung**
感冒

**die Entzündung**
發炎

# 和醫院相關的單詞

 **der Arzt**
醫生

 **die Krankenschwester**
護士

 **der Patient**
病人

 **die Spritze**
針

 **die Salbe**
藥膏

 **die Tablette**
藥片

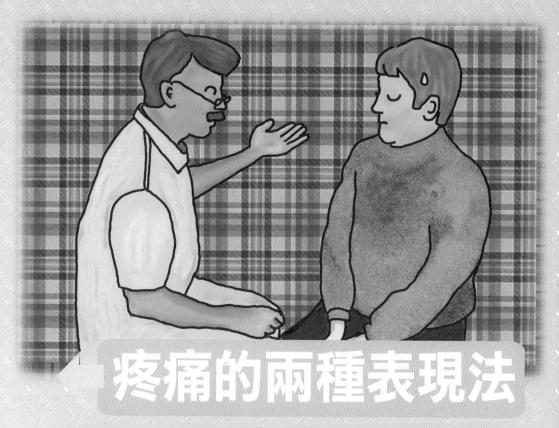

# 疼痛的兩種表現法

**Was für Beschwerden haben Sie?**
您有什麼病痛嗎？

說法一

**Ich habe Kopfschmerzen.**
我的頭痛。

說法二

**Mein Kopf tut weh.**
我的頭在痛。

要記得歐！
用德語來表現病痛的話，常用「haben+病痛」及「weh tun」這兩種用法。

die Jacke
夾克

der Mantel
大衣

die Hose
褲子

das T-Shirt
T恤

der Rock
裙子

打開你的衣櫥吧！
在這個單元裡面，我們要介紹
各種服裝的德語說法。

die Kapuzenjacke
連帽運動衣

der Pullover
套頭毛衣

der Anzug
西裝外套

die Jeans
牛仔褲

das Hemd
襯衫

die Bluse
女性襯衫

# 鞋子及配件

die Brille
眼鏡

der Schal
圍巾

die Armbanduhr
手錶

die Sonnenbrille
太陽眼鏡

die Strümpfe(pl.)
襪子

die Badehose
游泳褲

die Schuhe(pl.)
鞋子

# 衣服的各部分

你喜歡血拼買衣服嗎？ 打開介紹衣服的型錄，一面看著流行的服飾，一面學習用德文說出衣服的各部分。

der Reißverschluss
拉鍊

die Krawatte
領帶

der Ärmel
袖子

langer Ärmel
長袖

der Kragen
領子

kurzer Ärmel
短袖

der Knopf
扣子

der Gürtel
腰帶

試衣服

**Kann ich es anprobieren?**
可以試穿嗎?

**Wo ist die Kabine?**
試衣間在哪呢?

試鞋子

**Welche Größe haben Sie?**
您的尺寸是?

**Ich hätte gern rote Schuhe.**
我想買紅色的鞋子。

## 試穿時的用語

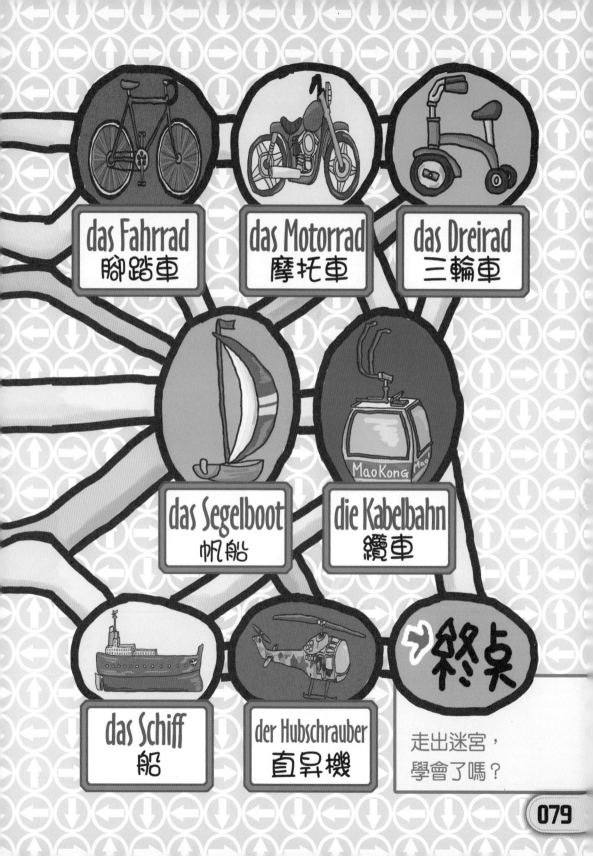

**das Fahrrad**
腳踏車

**das Motorrad**
摩托車

**das Dreirad**
三輪車

**das Segelboot**
帆船

**die Kabelbahn**
纜車

**das Schiff**
船

**der Hubschrauber**
直昇機

終點

走出迷宮,
學會了嗎?

# 汽車的各個部分

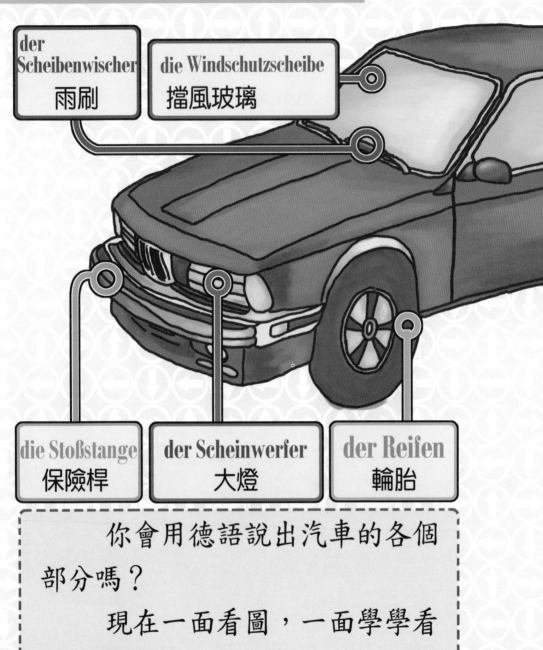

der Scheibenwischer
雨刷

die Windschutzscheibe
擋風玻璃

die Stoßstange
保險桿

der Scheinwerfer
大燈

der Reifen
輪胎

你會用德語說出汽車的各個部分嗎？

現在一面看圖，一面學學看這些單詞！

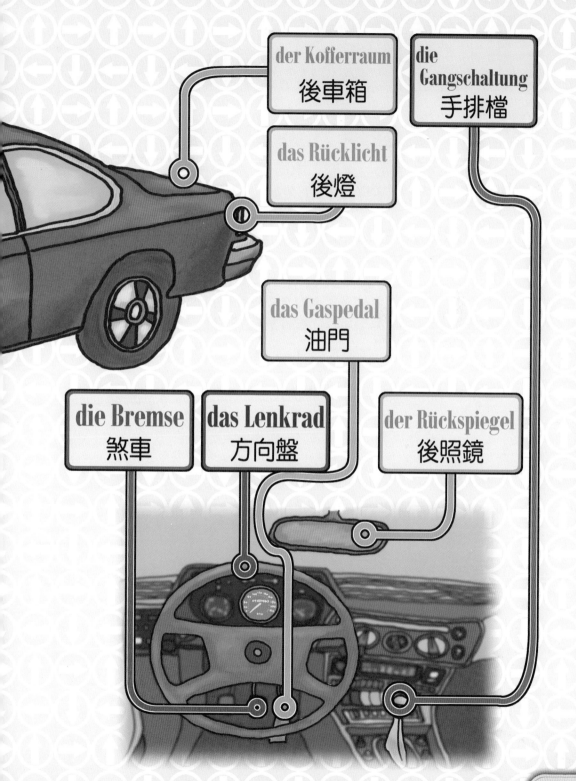

der Kofferraum
後車箱

die Gangschaltung
手排檔

das Rücklicht
後燈

das Gaspedal
油門

die Bremse
煞車

das Lenkrad
方向盤

der Rückspiegel
後照鏡

# 19 動物 das Tier

這個單元的主題是各式各樣的動物。其中包括了可愛的動物、農莊裡的動物以及動物的叫聲。

我們從在動物園裡面會看見的動物開始介紹起。

請一面看著圖畫一面記下這些單詞吧。

das Kamel
駱駝

der Pfau
孔雀

der Affe
猴子

# 可愛動物的照片

**der Pinguin**
企鵝

**der Panda**
熊貓

**das Känguruh**
袋鼠

**der Bär**
熊

認識了動物園裡面的動物之後，
再來看著照片，學習可愛動物的德語
名稱以及各種動物的叫聲吧！

zwitschern
鳥叫

der Vogel 鳥

die Katze 貓

miauen
貓叫

bellen
狗吠

der Hund 狗

das Schwein 豬

brüllen
獅吼

der Löwe 獅子

grunzen
豬叫

各種動物的叫聲

# 牧場上的動物

可愛度 100%

試用德語說出牧場上的動物名稱。

| | | | |
|---|---|---|---|
| 老鼠 die Maus | | 鴿子 die Taube | |
| 公雞 der Hahn | 小雞 das Küken | 蛇 die Schlange | |

|  鸚鵡 |  牛 |  鵝 |
|---|---|---|
| **der Papagei** | **der Stier** | **die Gans** |
|  兔子 |  天鵝 |  鴨 |
| **das Kaninchen** | **der Schwan** | **die Ente** |

# 20 興趣 das Hobby

你的興趣是什麼呢？
請在下面的方格中打勾…。

☑ Musik hören
聽音樂

☐ ins Kino gehen
看電影

☐ singen
唱歌

☐ tanzen
跳舞

☐ einen Ausflug machen
郊遊

☐ photografieren
照相

☐ Schach spielen　下棋

☐ Karten spielen　打撲克牌

☐ zeichnen　畫畫

☐ lesen　閱讀

☑ Klavier spielen　彈鋼琴

☐ angeln　釣魚

興趣調查表

期：＿＿＿＿　姓名：＿＿＿＿

089

## 兩種興趣的表現法

**Was sind Ihre Hobbys?**
您的興趣是什麼?

說法一

**Ich höre gern Musik.**
我喜歡聽音樂。

說法二

**Ich liebe Musik.**
我喜歡音樂。

要記得喔!
　　用德語說出自己
的興趣,可以用動詞
配合gern或用lieben
+名詞來表現。

聽歡喜
音樂嗎？
讓我們
來學習各種
和音樂相關
的單詞吧。

**das Lied** 歌曲

**der Musiker** 音樂家

**der Text** 歌詞

**das Konzert** 音樂會

**die Melodie** 曲調

**der Schlager** 流行歌曲

# 不同類型的音樂

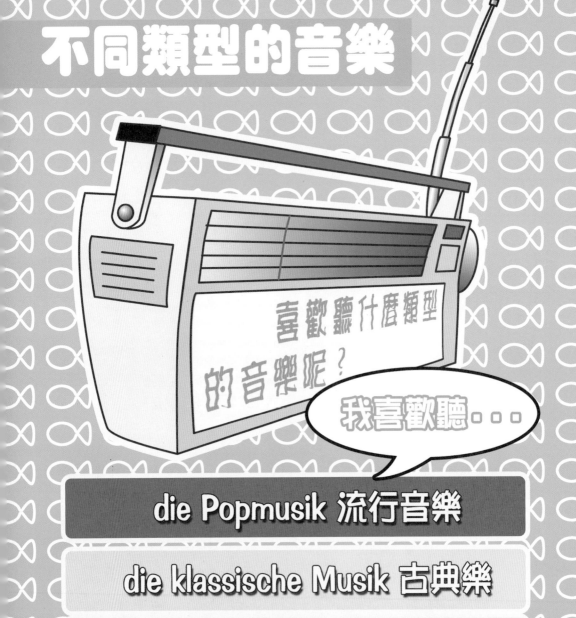

喜歡聽什麼類型的音樂呢？

我喜歡聽・・・

die Popmusik 流行音樂

die klassische Musik 古典樂

der Jazz 爵士樂

der Rock 搖滾樂

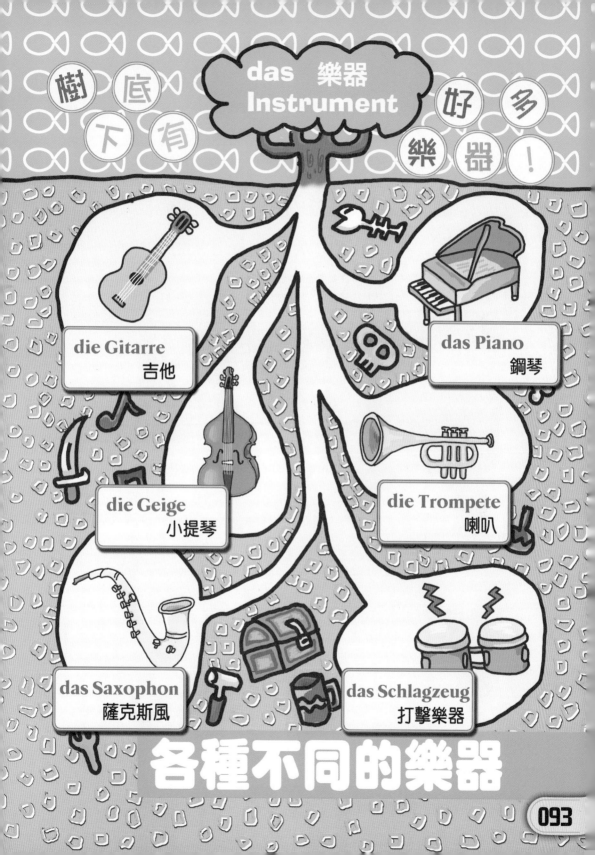

das 樂器
Instrument

樹 底 下 有

好 多 樂 器 !

die Gitarre
吉他

das Piano
鋼琴

die Geige
小提琴

die Trompete
喇叭

das Saxophon
薩克斯風

das Schlagzeug
打擊樂器

各種不同的樂器

# 22 運動 der Sport

你喜歡做運動嗎？在這個單元裡面，我們要介紹各種運動的德語說法。首先我們藉著電影的底片，來學習各種球類的名稱。

der Federball
羽毛球

der Baseball
棒球

das Tischtennis
桌球

der Basketball
籃球

der Fußball
足球

der Volleyball
排球

der Golfball
高爾夫球

das Tennis
網球

das Bowling
保齡球

das Hockey
曲棍球

# 各式各樣的運動

你喜歡看電視上現場轉播的運動賽事嗎？現在就讓我們看著電視螢幕學習各種運動的德語說法吧！

**das Schwimmen**
游泳

**das Jogging**
慢跑

**der Hochsprung**
跳高

**der Weitsprung**
跳遠

**das Boxen**
拳擊

**das Radfahren**
騎腳踏車

**das Turnen**

體操

**das Skifahren**

滑雪

**das Gewichtheben**

舉重

**das Tauchen**

潛水

**das Reiten**

騎馬

**das Speerwerfen**

標槍

新天鵝堡
**Neuschwanstein**

科隆大教堂
**Kölner Dom**

海德堡城堡
**Heidelberger Schloss**

柏林
柏林圍牆
**Berliner Mauer**

布蘭登堡門
**Brandenburger Tor**

亞歷山大廣場
**Alexanderplatz**

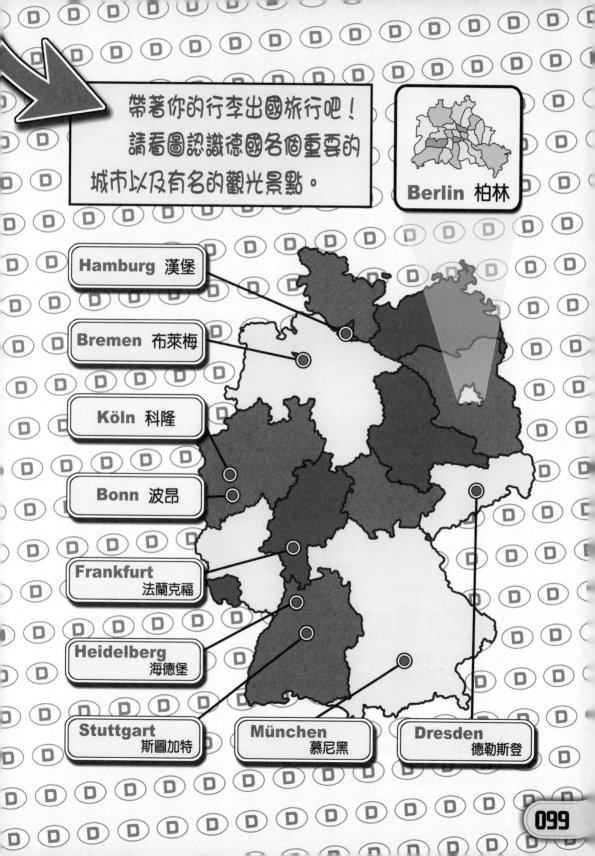

帶著你的行李出國旅行吧！
請看圖認識德國各個重要的
城市以及有名的觀光景點。

**Berlin** 柏林

**Hamburg** 漢堡

**Bremen** 布萊梅

**Köln** 科隆

**Bonn** 波昂

**Frankfurt**
法蘭克福

**Heidelberg**
海德堡

**Stuttgart**
斯圖加特

**München**
慕尼黑

**Dresden**
德勒斯登

# 去德國旅遊的常用句

## 上車、下車及轉車

### Sie ist in Berlin eingestiegen.
她在柏林上車。　　　　　　　上車：einsteigen

### Sie ist in München ausgestiegen.
她在慕尼黑下車。　　　　　　下車：aussteigen

### Sie ist in Köln umgestiegen.
她在科隆轉車。　　　　　　　轉車：umsteigen

訂房時的詢問語句

**Haben Sie ein Einzelzimmer frei ?**
有空的單人房嗎？

**Haben Sie ein Doppelzimmer frei ?**
有空的雙人房嗎？

**Ich nehme das Zimmer.**
我要訂這間房間。

# 24 世界各國 die Länder

你會用德語說出世界各國的國名嗎？
德語的「國家」是das Land，複數型是
die Länder。這個單元裡，讓我們一起來學
習和世界各國相關的德語單詞吧！

| Deutschland | Frankreich | Russland | Großbritannien |
|---|---|---|---|
| 德國 | 法國 | 俄羅斯 | 英國 |
| Österreich | die USA | China | Japan |
| 奧地利 | 美國 | 中國 | 日本 |
| Belgien | Dänemark | Italien | die Niederlande |
| 比利時 | 丹麥 | 義大利 | 荷蘭 |
| Polen | Portugal | Schweden | die Schweiz |
| 波蘭 | 葡萄牙 | 瑞典 | 瑞士 |
| Spanien | die Türkei | Kanada | Argentinien |
| 西班牙 | 土耳其 | 加拿大 | 阿根廷 |

各國語言

die Sprachen

103

# 世界各大洲
# die Kontinente

**Amerika**
美洲

德語「世界」的說法是陰性名詞：die Welt。而世界的各大洲、各「大陸」的德語說法是：der Kontinent；複數的話，則是在單詞後面加上字母「e」：die Kontinente。

歐洲 Europa

Asien
亞洲

Afrika
非洲

北 der Norden

西 der Westen

東 der Osten

南 der Süden

Australien
澳洲

# 25 大自然 die Natur

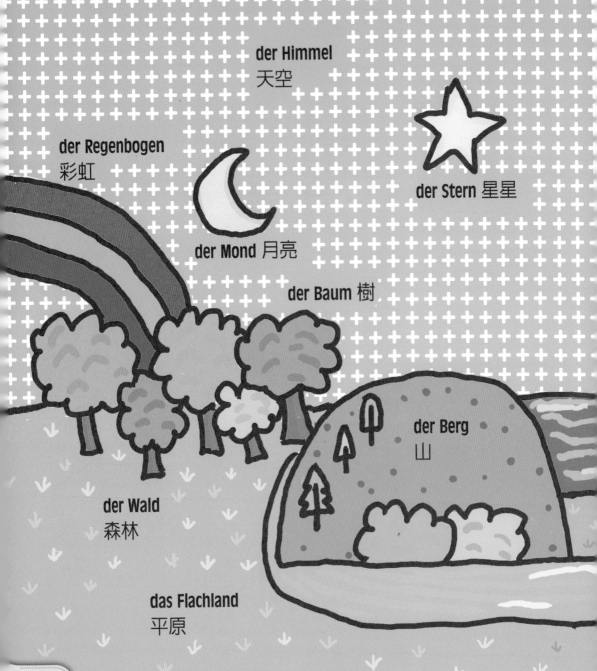

der Himmel
天空

der Stern 星星

der Regenbogen
彩虹

der Mond 月亮

der Baum 樹

der Berg
山

der Wald
森林

das Flachland
平原

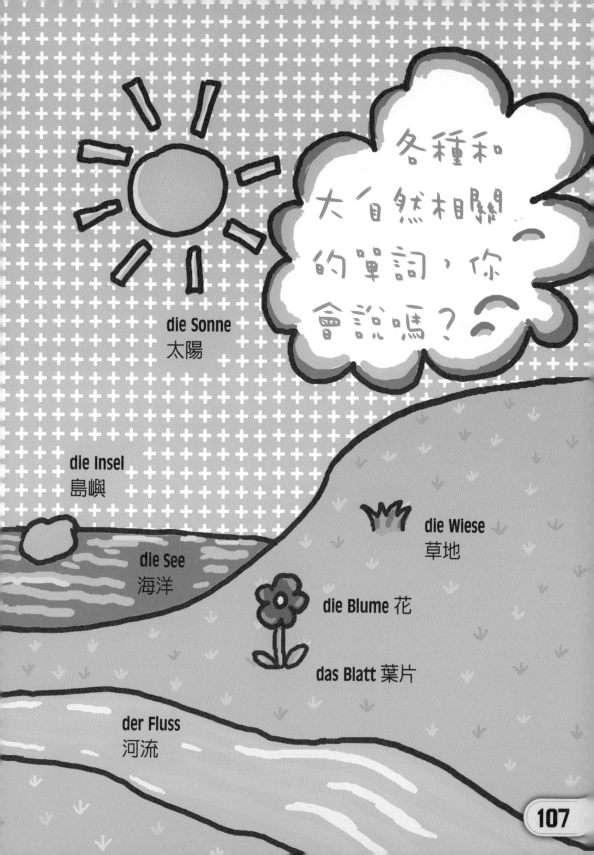

die Sonne
太陽

die Insel
島嶼

die See
海洋

die Wiese
草地

die Blume 花

das Blatt 葉片

der Fluss
河流

各種和大自然相關的單詞,你會說嗎?

# 樹木的各個部分

1.die Frucht 果實
2.der Ast 樹枝
3.der Zweig 細枝
4.der Stamm 樹幹
5.die Wurzel 樹根

# 26 天氣 das Wetter

氣象報告的時間到了！看氣象報告學德語單詞吧！

der Regen
雨

der Blitz
閃電

der Donner
雷

明日

der Schnee
雪

die Wolke
雲

der Wind
風

和天氣相關的動詞，常常會用es當作虛主詞。以下是一些重要的表現法。

| 虛主詞 es | 動詞 | 形成短句 |
| --- | --- | --- |
| ⬇ | ⬇ | ⬇ |

es + regnen
下雨
= Es regnet.
下雨了。

es + wehen
颳風
= Es weht.
颳風了。

es + donnern
打雷
= Es donnert.
打雷了。

es + blitzen
閃電
= Es blitzt.
閃電了。

es + schneien
下雪
= Es schneit.
下雪了。

es + stürmen
刮暴風
= Es stürmt.
刮暴風了。

# 27 宇宙 der Weltraum

5.4.3.2.1...
發射！

各位讀者，
你們準備好了嗎？
一起坐上太空梭，
來場宇宙冒險吧！

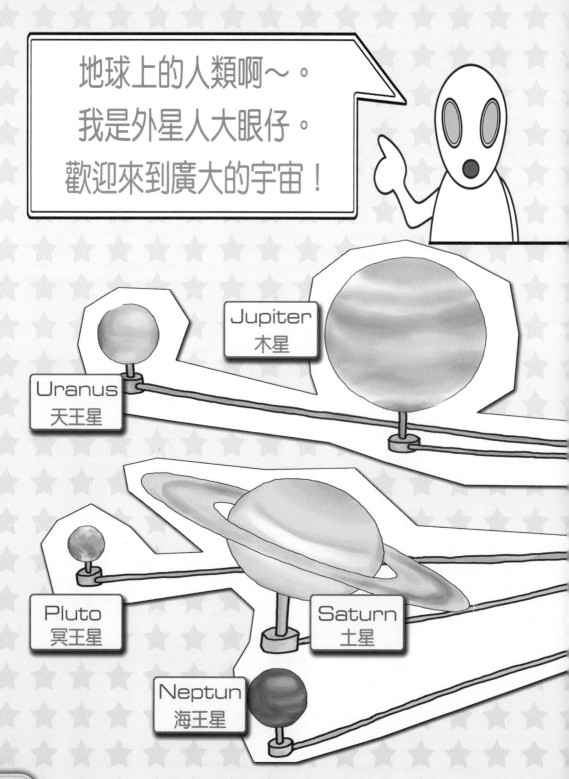

**其他和宇宙有關係的單詞**

das Sonnen-System... 太陽系
die Milchstraße ..... 銀河
der Meteor.......... 流星、隕石
der Komet... 彗星

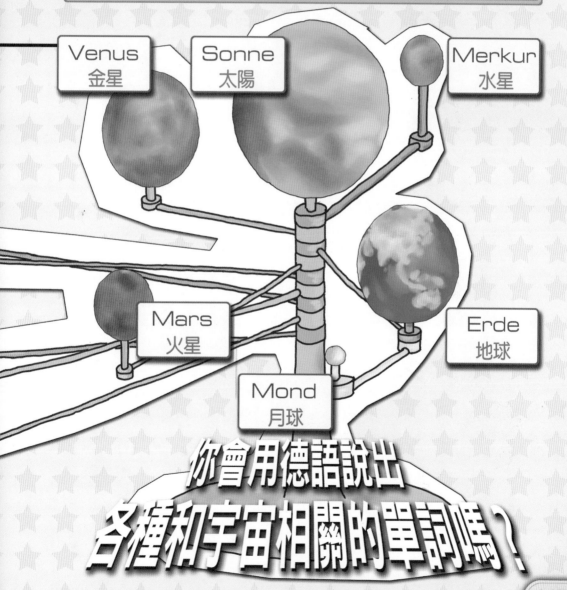

Venus 金星
Sonne 太陽
Merkur 水星
Mars 火星
Erde 地球
Mond 月球

你會用德語說出
各種和宇宙相關的單詞嗎?

# 28 星座 das Sternzeichen

你是屬於什麼星座呢？
看著本單元的圖形，
來學習各個星座的說法吧！

**Widder**
牡羊座

**Stier**
金牛座

**Zwillinge**
雙子座

**Krebs**
巨蟹座

**Löwe**
獅子座

**Jungfrau**
處女座

Waage 天秤座

Skorpion 天蠍座

Schütze 射手座

Steinbock 摩羯座

Wassermann 水瓶座

Fische 雙魚座

# 29 人稱代名詞
# das Personalpronomen

---

德語即時通訊　　　　　　　　　⊟ ☐ ✕

好想學好德文⋯⋯（線上）
請看下面的表格學習人稱代名詞 ▼

---

 我說：「我」的德文是「ich」。

 你說：「你」的德文是「du」。

 他說：「他」的德文是「er」。

 她說：「她」的德文是「sie」。

 您說：「您」的德文是「Sie」。

 我們說：「我們」的德文是「wir」。

 你們說：「你們」的德文是「ihr」。

 他們說：「他們」的德文是「sie」。

 您們說：「您們」的德文是「Sie」。

### ich（我）的小檔案

所有格：mein
受格：mich
與格（Dat.）：mir

### du（你）的小檔案

所有格：dein
受格：dich
與格（Dat.）：dir

## 本單元說明 ▢▢✕

　　本單元介紹各種人稱代名詞。
每個人稱代名詞、所有格及其他代
名詞的格式都很重要。請看著即時
通訊的對話框來學習各個單詞。

### er（他）的小檔案

所有格：sein
受格：ihn
與格（Dat.）：ihm

### sie（她）的小檔案

所有格：ihr
受格：sie
與格（Dat.）：ihr

### Sie（您）的小檔案

所有格：Ihr
受格：Sie
與格（Dat.）：Ihnen

### wir（我們）的小檔案

所有格：unser
受格：uns
與格（Dat.）：uns

### ihr（你們）的小檔案

所有格：euer
受格：euch
與格（Dat.）：euch

### sie（他們）的小檔案

所有格：ihr
受格：sie
與格（Dat.）：ihnen

### Sie（您們）的小檔案

所有格：Ihr
受格：Sie
與格（Dat.）：Ihnen

# 30 打招呼用語 die Begrüßung

哈囉！...你好嗎？
讓我們一起來學習德語的
打招呼用語吧！

早上碰到朋友，十點以前說：
*Guten Morgen!* 早安！

平常碰到任何人，打招呼說：
*Guten Tag!* 你好！

晚上向人打招呼，可以說：
*Guten Abend!* 你好！

睡覺之前，可以說：
*Gute Nacht!* 晚安！

Hallo! 哈囉！

Willkommen! 歡迎！

Auf Wiedersehen! 再見！

Bis Morgen! 明天見！

Schade! 好可惜！　Tschüss! 再見！

Wie bitte? 你在說什麼？

Viel Spaß! 玩得愉快！　Ach so! 原來如此！

收到別人的禮物，或想要表達感謝的時候可以說：

Danke! 謝謝！

Bitte! 不客氣！

不小心打破杯子，或想要表達歉意的時候可以說：

Entschuldigung! 對不起！

Macht nichts! 沒關係！

路上碰到認識的人，想問對方好不好的時候可以說：

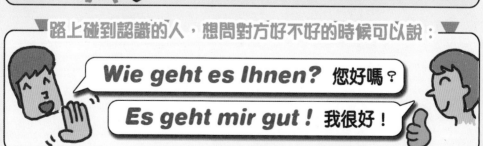

Wie geht es Ihnen? 您好嗎？

Es geht mir gut！ 我很好！

# 31 自我介紹
# die Selbstvorstellung

你要做自我介紹嗎？本單元要介紹和這個主題相關的句子...

## Woher kommen Sie ?
您是哪裡人呢？

## Ich komme aus + 國家名

Ich komme aus Deuteschland.
我是德國人。

# Wie heißen Sie ?
您叫什麼名字？

**Ich heiße + 姓名**

Ich heiße Gabi.　我叫嘉比。

**Mein Name ist + 姓名**

Mein Name ist Gabi.
我的名字是嘉比。

要問對方年紀時，用這句話．．．

# Wie alt sind Sie ?
您幾歲呢？

**Ich bin + 年紀 + Jahre alt**

Ich bin achtzehn Jahre alt.
我十八歲。

# 32 數字 die Zahl

哈哈，玩撲克牌的時間到了！
讓我們一面玩著撲克牌，一面學習
德語的數字說法吧！

| eins | drei | fünf |
| :-: | :-: | :-: |
| 一 | 三 | 五 |

| zwei | vier |
| :-: | :-: |
| 二 | 四 |

sechs
六

acht
八

zehn
十

sieben
七

neun
九

123

# 更多更多的數字

打完撲克牌，現在來玩撞球啦！利用這些撞球，來學習更多的德語數字。

| | | | |
|---|---|---|---|
| **11** | **12** | **13** | **14** |
| elf | zwölf | dreizehn | vierzehn |
| **15** | **16** | **17** | **18** |
| fünfzehn | sechzehn | siebzehn | achtzehn |

| | | | |
|---|---|---|---|
| **19** neunzehn | **20** zwanzig | **21** einundzwanzig | **22** zweiundzwanzig |
| **30** dreißig | **31** einunddreißig | **32** zweiunddreißig | **40** vierzig |
| **49** neunundvierzig | **50** fünfzig | **60** sechzig | **70** siebzig |
| **75** fünfundsiebzig | **80** achtzig | **90** neunzig | **100** hundert |

# 序數及分數

| erste | zweite | dritte |
|-------|--------|--------|
| 第一的 | 第二的 | 第三的 |

你喜歡跑步嗎？現在來到了運動場，試試看說出誰跑第一、誰又跑第二呢？

運動完以後，來吃個蛋糕吧！一面吃蛋糕，一面學習德語分數的講法。

1/2

1/2
ein halb

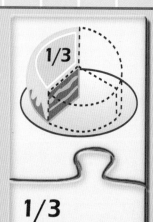

**vierte**
第四的

**fünfte**
第五的

**1/3**
ein Drittel

**1/4**
ein Viertel

**3/4**
drei Viertel

# 33 形狀 die Form

上課了！同學們，看著黑板上的圖形，來學習用德語說出各種形狀。

viereckig
四邊形的

dreieckig
三角形的

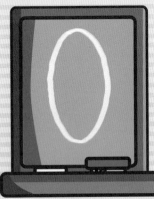

oval
橢圓形的

rund
圓形的

der Würfel
立方體

der Kugel
圓球體

der Zylinder
圓柱體

die Kegel
圓錐體

die Pyramide
角錐體

129

# 34 顏色 die Farbe

調皮搗蛋的小朋友把各種顏色的油漆倒的到處都是。你會用德語說出這些油漆的顏色嗎？

| rot | orange | gelb | grün |
|-----|--------|------|------|
| 紅色的 | 橘色的 | 黃色的 | 綠色的 |

| blau 藍色的 | purpurn 紫色的 | schwarz 黑色的 | weiß 白色的 |

除了上頁介紹的各種顏色以外，還有更多關於顏色的單詞。看看下面的花朵，學習如何用德語說出這些花的顏色。

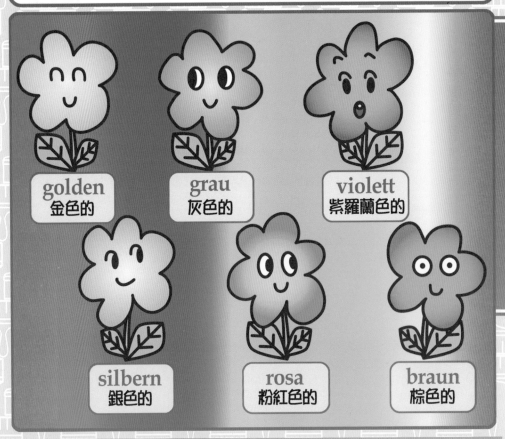

golden
金色的

grau
灰色的

violett
紫羅蘭色的

silbern
銀色的

rosa
粉紅色的

braun
棕色的

# 各種和顏色相關的單詞

dunkel
深色的

hell
淺色的

einfarbig
單色的

bunt
彩色的

# 和顏色相關的表現法

## blau machen blau machen blau machen
### 不去上班

這兩個詞本來字面上的意思是「做藍色」。德文用這樣的表現法,來說出該上班的時候卻「曉班」、「不去上班」的意思。

## schwarz fahren schwarz fahren schwarz fahren
### 無照駕駛

這兩個詞本來字面上的意思是「開黑色」。德文用這樣的表現法,來說出沒有駕照偷偷開、「無照駕駛」的意思。

# 35 時間 die Zeit

**年份**
**Das Jahr**

一星期的七天
**DIE TAGE**

週一 **Montag**

週二 **Dienstag**

週三 **Mittwoch**

週四 **Donnerstag**

週五 **Freitag**

週六 **Samstag**

週日 **Sonntag**

**Welcher Tag ist heute?**
今天星期幾？

**Heute ist Mittwoch.**
今天禮拜三。

在這個單元裡面，我們介紹各種和時間相關的表現法。你會用德文問別人今天禮拜幾嗎？
用德文詢問日子時，可以用「Welcher Tag ist heute?」這樣的問句。

**2010 April**

Son. Mon. Di. Mit. Do. Fr. Sam.

| | | | | | 1 | 2 | 3 |
| 4 | 5 | 6 | 7 | 8 | 9 | 10 |
| 11 | 12 | 13 | 14 | 15 | 16 | 17 |
| 18 | 19 | 20 | 21 | 22 | 23 | 24 |
| 25 | 26 | 27 | 28 | 29 | 30 | |

# Welches Datum ist heute?

今天幾號？

## Heute ist ..
## der fünfundzwanzigste April.

今天是四月二十五號。

德語的日期要用序數表示。
比方說，我們要說今天是四月
二十五號的話，用德語來表現是

**Heute ist
der fünfundzwangzigste April.**

序數

---

月份

# der Monat

| 一月 | **Januar** |
| 二月 | **Februar** |
| 三月 | **März** |
| 四月 | **April** |
| 五月 | **Mai** |
| 六月 | **Juni** |
| 七月 | **Juli** |
| 八月 | **August** |
| 九月 | **September** |
| 十月 | **Oktober** |
| 十一月 | **November** |
| 十二月 | **Dezember** |

# 手錶上的時間

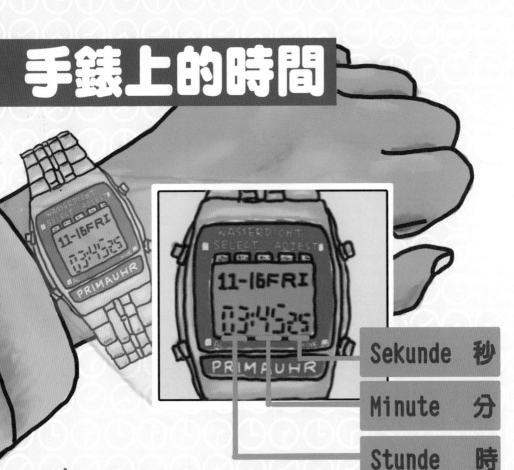

Sekunde 秒

Minute 分

Stunde 時

*Wie spät ist es?* 現在幾點？

*Es ist drei Uhr fünfundvierzig.*

## 用德語詢問時間

現在是三點四十五分。

德語的「秒」是 die Sekunde，「分」是 die Minute，「時」是 die Stunde。

用德語詢問時間，可以用 Wie viel Uhr ist es?或是 Wie spät ist es?這兩個問句。回答的時候，可以用 Es ist + 時間這樣的句型來告訴別人當時的時間。

# 德語時間的表達法

## Es ist ...

acht Uhr.

Viertel vor elf.

Viertel nach zwei.

sieben nach vier.

drei vor neun.

halb zwei.

## 用德語回答現在的時間

你會嗎?

**Es ist neun vor zehn.**
=
**Es ist neun Uhr einundfünfzig.**

　　德語時間的說法有兩種。可以配合介系詞vor及 nach來表現。對於初學德語的人來說，要說現在幾點 幾分的話，直接看數字說出即可。例如要說09:51的話， 直接說出**Es ist neun Uhr einundfünfzig**即可。

**früh** **pünktlich** **spät**

早的　　準時的　　遲的

▶ **Der Zug kommt pünktlich.** 火車準點。
▶ **Der Zug kommt spät.** 火車遲到了。
▶ **Der Zug kommt früh.** 火車早到了。

| nach | richtig | vor | stehengeblieben |
|---|---|---|---|
| 走慢了 | 準時的 | 走快了 | 停住不走 |

▶ **Die Uhr geht nach.** 我的錶慢了。
▶ **Die Uhr geht richtig.** 我的錶很準。
▶ **Die Uhr geht vor.** 我的錶快了。
▶ **Die Uhr bleibt stehen.** 我的錶停了。

# 各種有用的時間表現法

die Saison 季節

春
▲ der Frühling

夏
▲ der Sommer

秋
▲ der Herbst

冬
▲ der Winter

Morgen 早上

Mittag 中午

Nachmittag 下午

Abend 夜間

Nacht 晚上

| 前天 | 昨天 | 今天 | 明天 | 後天 |
|---|---|---|---|---|
| vorgestern | | heute | | übermorgen |
| | gestern | | morgen | |

在筆記本上面記下了好多節日的德語說法。在最後一個單元裡，我們把所有的頁面都撕下來放在桌上。來個總複習，記下各種節日的說法。

農曆新年

**das chinesische Neujahr**

**Weihnachten**
聖誕節

**das / der Silvester**
除夕

新年快樂

**das Neujahr**
新年

der Nationalfeiertag 國慶日

der Valentinstag 情人節

der Geburtstag 生日

das Ostern 復活節

die Sommerferien 暑假

die Winterferien 寒假

141

# 德語索引
# Register Deutsch

bunt 132
Bus, der 078
Butter, die 044

# C

Chemie 037
China 102
Chinese, der 103
Chinesisch 036 / 103
chinesische Neujahr, das 140
Coca-Cola, die / das 046
Cousin, der 021
Croissant, das 044

# D

Dänemark 102
Darm, der 008
Daumen, der 007
Decke, die 026
dein 117
depressiv 018
Deutsch 036 /103
Deutsche, der 103
Deutschland 102
Dezember 135
dich 117
dick 014
Dienstag 134
Diktat, das 036
dir 117
Donner, der 109
donnern 110
Donnerstag 134
drehen 012
drei 122
dreieckig 128

Dreirad, das 079
dreißig 125
dreizehn 124
Dresden 099
dritte 126
du 116
dunkel 132
Dunstabzugshaube, die 030
durchgefallen 036
Duschgel, das 028

# E

Ei, das 043
Eilbrief, der 068
einfarbig 132
eins 122
Einschreibbrief, der 068
einunddreißig 125
einundzwanzig 125
Eis, das 045
Elefant, der 083
elf 124
Eltern, die 019
Empfänger, der 067
Engländer, der 103
Englisch 103
Ente, die 087
Entsafter, der 030
enttäucht 018
Entzündung, die 069
er 116
Erbse, die 053
Erdbeeren, die 054
Erde 113
Erkältung, die 069
erste 126
essen 010

Essen, das 042
Essig, der 048
Esszimmer, das 023
euch 117
euer 117
Europa 105

# F

Fabrik, die 063
Fahrrad, das 079
Familie, die 019
Farbe, die 130
faul 056
Februar 135
Federball, der 094
Feiertag, der 140
Fenster, das 024
Fernseher, der 024
Feuerzeug, das 027
Fieber, das 069
Fingernagel, der 007
Fisch, der 042
Fische 115
Flachland, das 106
fliegen 012
Flugzeug, das 078
Fluss, der 107
Fön, der 029
Frankfurt 099
Frankreich 102
Franzose, der 103
Französisch 103
Frau, die 013
Freitag 134
frisch 056
Frischhaltebeutel, der 030
fröhlich 016

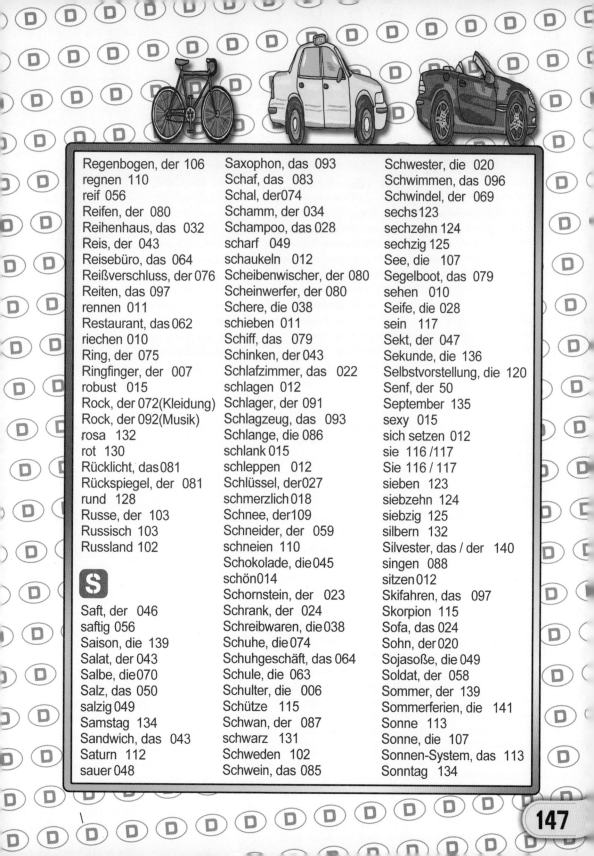

Regenbogen, der 106
regnen 110
reif 056
Reifen, der 080
Reihenhaus, das 032
Reis, der 043
Reisebüro, das 064
Reißverschluss, der 076
Reiten, das 097
rennen 011
Restaurant, das 062
riechen 010
Ring, der 075
Ringfinger, der 007
robust 015
Rock, der 072(Kleidung)
Rock, der 092(Musik)
rosa 132
rot 130
Rücklicht, das 081
Rückspiegel, der 081
rund 128
Russe, der 103
Russisch 103
Russland 102

## S

Saft, der 046
saftig 056
Saison, die 139
Salat, der 043
Salbe, die 070
Salz, das 050
salzig 049
Samstag 134
Sandwich, das 043
Saturn 112
sauer 048

Saxophon, das 093
Schaf, das 083
Schal, der 074
Schamm, der 034
Schampoo, das 028
scharf 049
schaukeln 012
Scheibenwischer, der 080
Scheinwerfer, der 080
Schere, die 038
schieben 011
Schiff, das 079
Schinken, der 043
Schlafzimmer, das 022
schlagen 012
Schlager, der 091
Schlagzeug, das 093
Schlange, die 086
schlank 015
schleppen 012
Schlüssel, der 027
schmerzlich 018
Schnee, der 109
Schneider, der 059
schneien 110
Schokolade, die 045
schön 014
Schornstein, der 023
Schrank, der 024
Schreibwaren, die 038
Schuhe, die 074
Schuhgeschäft, das 064
Schule, die 063
Schulter, die 006
Schütze 115
Schwan, der 087
schwarz 131
Schweden 102
Schwein, das 085

Schwester, die 020
Schwimmen, das 096
Schwindel, der 069
sechs 123
sechzehn 124
sechzig 125
See, die 107
Segelboot, das 079
sehen 010
Seife, die 028
sein 117
Sekt, der 047
Sekunde, die 136
Selbstvorstellung, die 120
Senf, der 50
September 135
sexy 015
sich setzen 012
sie 116 /117
Sie 116 / 117
sieben 123
siebzehn 124
siebzig 125
silbern 132
Silvester, das / der 140
singen 088
sitzen 012
Skifahren, das 097
Skorpion 115
Sofa, das 024
Sohn, der 020
Sojasoße, die 049
Soldat, der 058
Sommer, der 139
Sommerferien, die 141
Sonne 113
Sonne, die 107
Sonnen-System, das 113
Sonntag 134

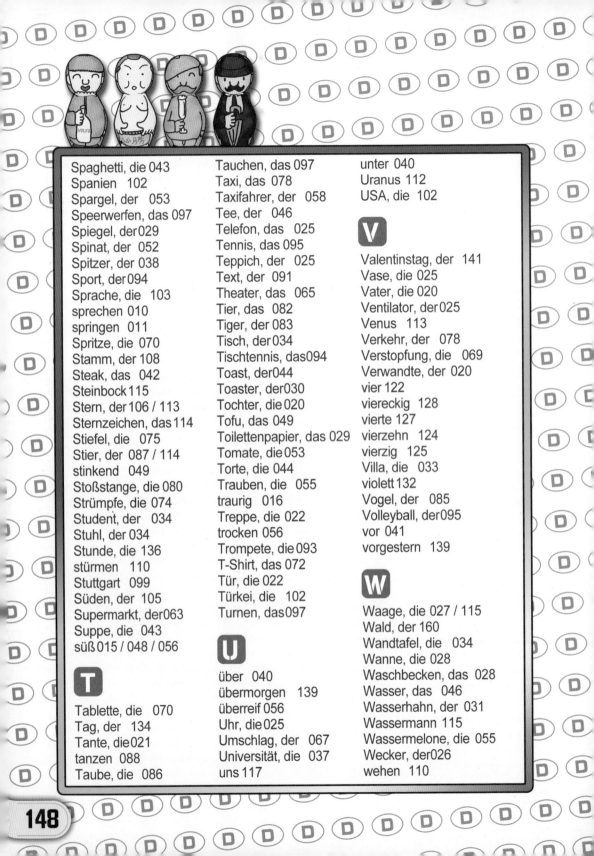

## Z

# 我夢想的德語教學書(後記)

　　有什麼比寫完這本書更有成就感呢？當作者也有編輯的概念，同時又身兼插畫及封面設計的時候，以前一本書裡各種不確定的因素，現在都可以牢牢地掌握在自己的手中。雖然製作的過程辛苦又漫長，不過每一個工作的日子都覺得自己過得很踏實，每一個製作完的頁面都讓自己感到很滿意。能夠從無到有、一筆一筆地畫完整本書，是我很引以為傲的事情。

　　如果仔細看我獻寶的作品，可以發現我的用心：這本書的每一個版型都不一樣，根據不同的單元，發揮創作設計的巧思，配合特別風格的底圖，來呈現各個單元中的單詞。我常想，如果我學德文的時候也有這樣的書就好了。這是我夢想中的德語教學書。希望學習德語的你也會喜歡它。

　　「德語大獻寶」是我第一次從主編跨足做插畫及封面設計。透過實做，我學到很多實用的美編知識，也遭遇了不少的版面設定上的困難。剛開始我專心呈現圖畫的美，忘了控制版心的大小，導致觀看時很有壓迫感。還有本來25開大小的企畫，到了出書之前，突然改成20開也讓我吃足了苦頭。當然，最後呈現在

你面前的書，還是有不完美的地方。如果親愛的讀者有任何批評指教的話，請不吝讓我知道，我會在未來的出版企畫裡，盡量把所有的一切做到完美。

這本書可以順利地出版，我首先要感謝的是我的主管郁芬姐。很感謝她信任我、讓我盡情發揮自己的能力。從每張圖的線條及色彩，都可以感受到我是很快樂地、很安心地在工作。除了郁芬姐以外，我也要感謝我的老闆楊榮川先生，給我這種快樂的、這種安心的工作環境。

當然我還要感謝我的德語老師。包括了一開始教我德語的王真心老師、施素卿老師，後來教我文法、中德翻譯的查岱山老師，以及寫論文時給我寶貴指導的鄭芳雄教授。其中最要感謝的，還有研究所時教我研究方法的王美玲教授。雖然她的工作忙碌，不過在百忙之中，還是抽空幫我審定了我的獻寶之作，讓我的小書，更增添了權威的保證。

謝謝大家，也謝謝各位讀者買了這本書。我會繼續用心地寫作更多德語的學習書，希望這本書能夠真的幫助你快速學習德語，讓你的德文更上一層樓。

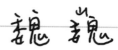

# 看圖畫這麼簡單 我也想學法語了

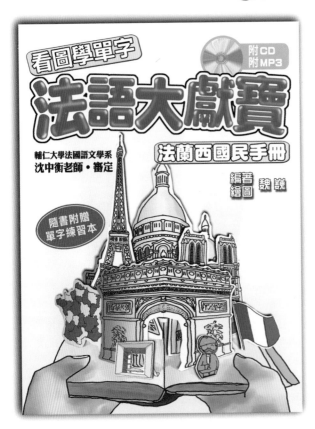

魏　巍◎繪著

## 3A84
## 法語大獻寶 法蘭西國民手冊

學了德語之後，還想要學法語嗎？
法國的時尚　法國的風光
法國的文學　法國的美食
在去歐洲旅行之前，先學法語吧！

➡ 系統編排　輕鬆速記
　➡ 搭配CD　效果倍增

國家圖書館出版品預行編目資料

德語大獻寶 日耳曼國民手冊 / 魏 巍 繪著.
初版-. 台北市：書泉, 2009. 02
　　面；　　公分. --(德語教室01)
　ISBN:978-986-121-449-8（平裝附光碟片）
　1.德語 2.詞彙
805.22　　　　　　　　　　　　　97023298

3A83　德語教室01

# 德語大獻寶 日耳曼國民手冊

作　者：魏　巍

發行人：楊榮川

總編輯：龐君豪

主　編：魏　巍

插　畫：魏　巍

封面設計：魏巍

出版者：書泉出版社

地　址：106 台北市大安區和平東路二段339號4樓

電　話：(02)2705-5066　　傳　真：(02)2706-6100

網　址：http://www.wunan.com.tw

電子郵件：shuchuan@shuchuan.com.tw

劃撥帳號：０１３０３８５３

戶　名：書泉出版社

總經銷：聯寶國際文化事業有限公司

電　話：(02)2695-4083

地　址：台北縣汐止市康寧街169巷27號8樓

法律顧問：元貞聯合法律事務所　張澤平律師

出版日期：2009年2月初版一刷
　　　　　2011年4月初版三刷

定　價：新台幣280元

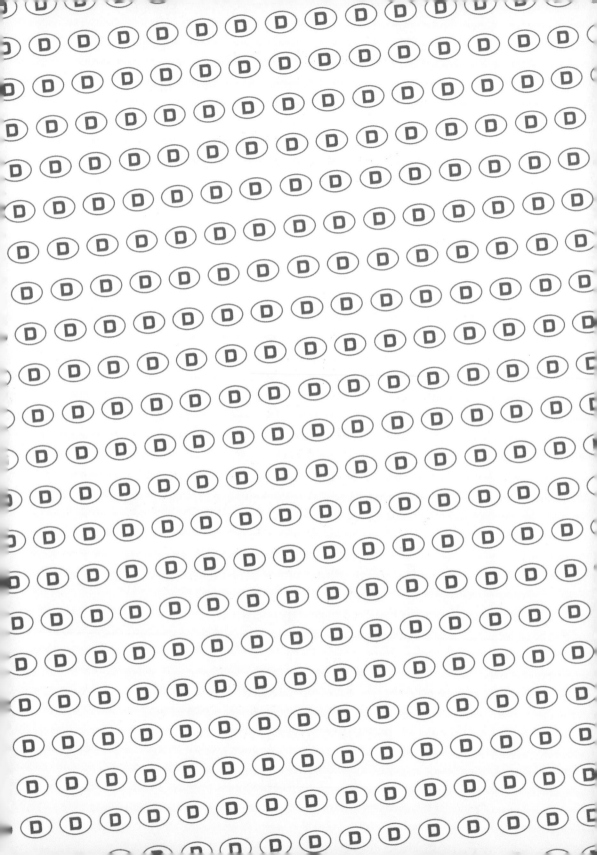

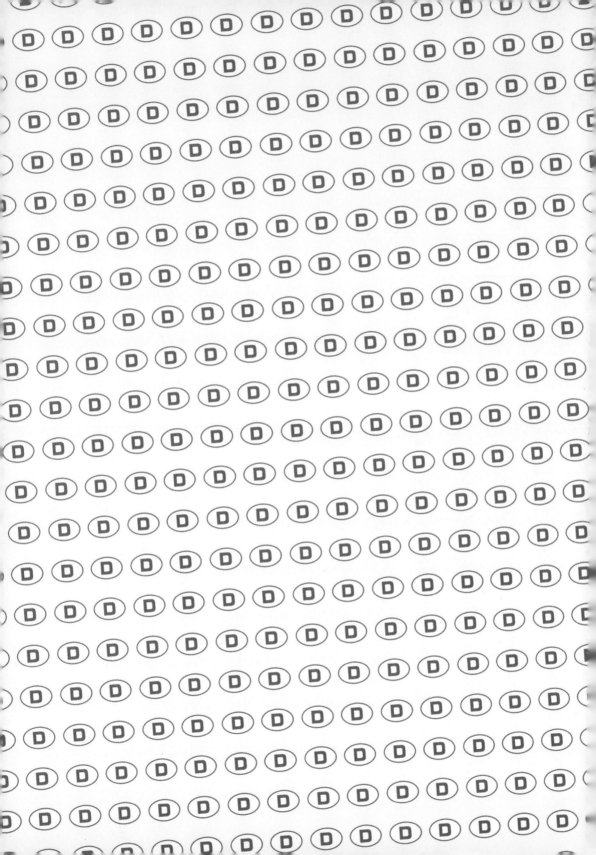

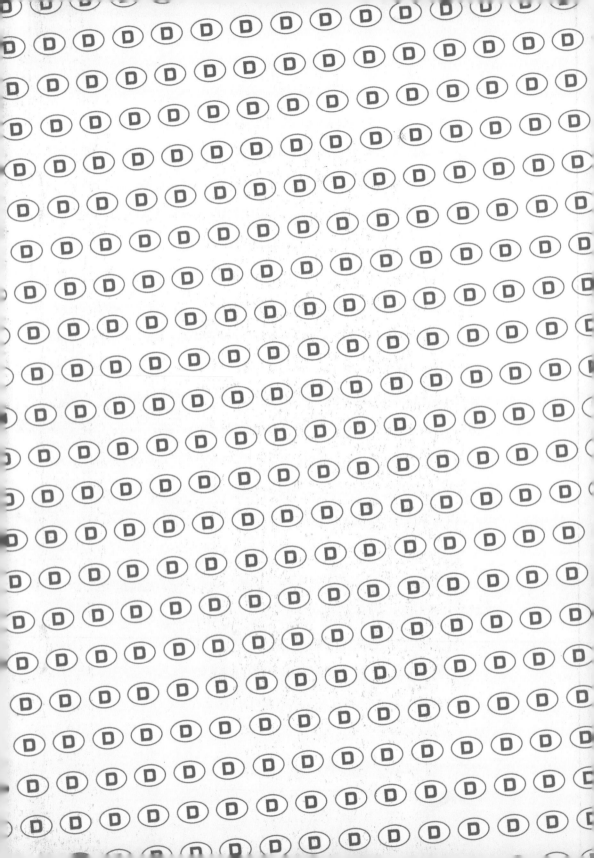